ISBN: 9798743233014

No part of this publication may be reproduced, stored in a retrieval system, or transmitted in any form or by any means, electronic, mechanical, photocopying, recording, or otherwise, without written permission from the author and illustrator.

جميع الحقوق محفوظة. لا يسمح بإعادة إصدار هذا الكتاب أو أيّ جزء منه أو تخزينه في نطاق استعادة المعلومات أو نقله بأيّ شكل من الأشكال أو بأيّ وسيلة إلكترونية أو ميكانيكية أو عن طريق التصوير أو التسجيل أو غير ذلك، دون إذن خطّي مُسبق من المؤلفة والرّسامة.

The Joy of Eid

فَرْحَةُ العِيْد

By Aya Wattar
Illustrated By Massa Awad

تأليف: آية وتّار
رسوم: ماسة عوض

Only a few days are left for Eid Al-Fitr. Mushmush and his family have started Eid preparations. The three siblings have helped their mother prepare *Maamoul*[1] and Eid sweets.

أَيَّامٌ قَلِيلَةٌ تَفْصِلُنَا عَنْ عِيدِ الفِطرِ السَّعِيدِ، وَهَا هِيَ عَائِلَةُ الدُّبِّ مشْمش تَبدَأُ تَحضِيرَاتِ العِيد. سَاعَدَ الإِخوَةُ الثَّلَاثَةُ مَامَا فِي صِنَاعَةِ المعْمُولِ١ وحَلوِياتِ العِيد.

Sugar
سكر
Flour
طحين

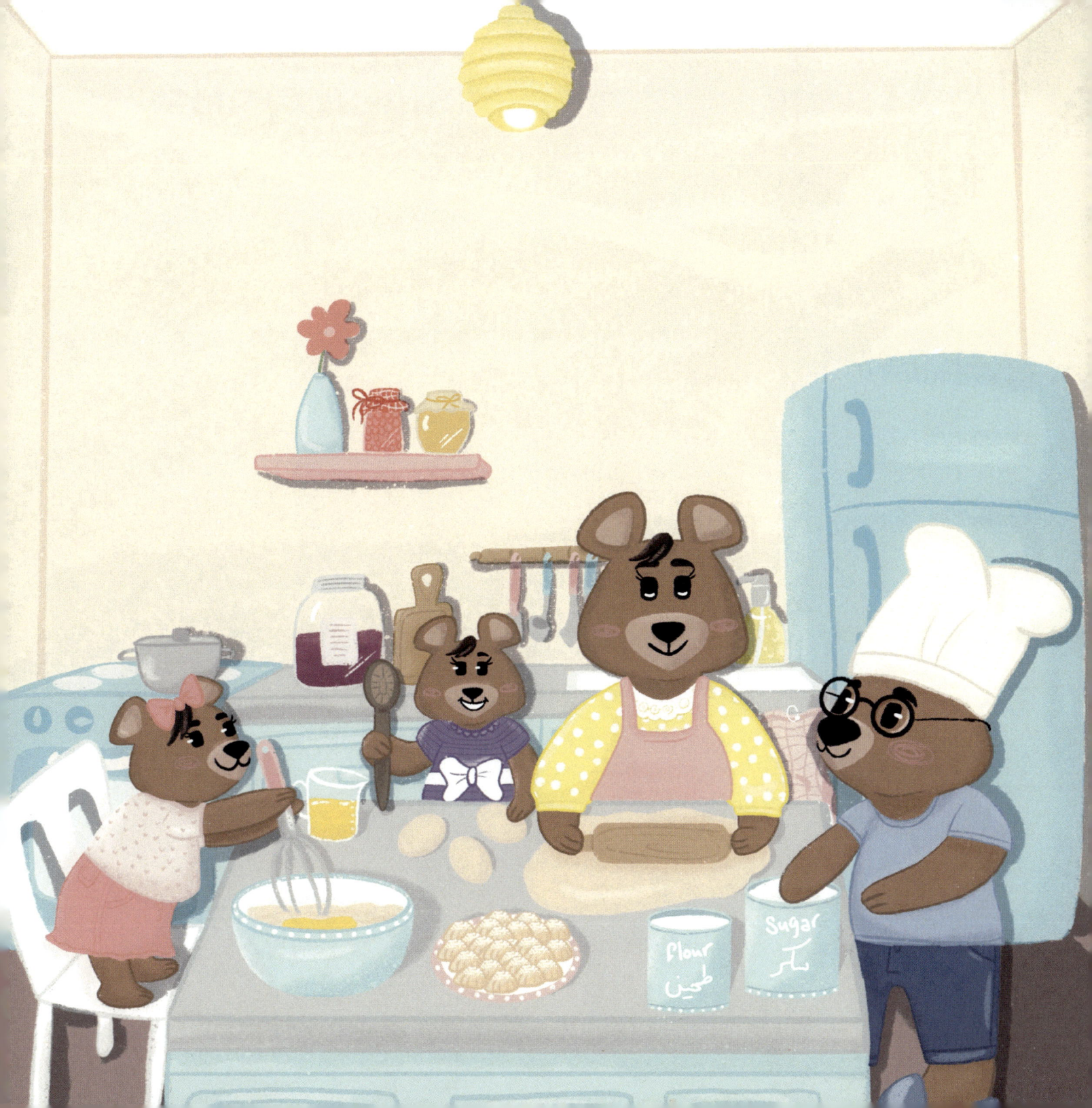

Tuta asked her mom, “Mommy, when is Eid?
I want to wear my new dress.”
“Honey, only two days are left for Eid.”
Tuta’s mom answered.

سَأَلَتْ تُوتَة أُمَّهَا قَائِلَة: مَامَا... مَتَى سَيَأْتِيْ العِيد؟
أُرِيدُ أنْ أَلْبَسَ ثَوبِيَ الجَدِيد.
أَجَابَتِ الأمُّ بِحَمَاس: بَقِيَ يومَانِ يا حَبِيبَتِي
على قُدُومِ العِيد.

At night, Mushmush ran fast.

فِي المَسَاءِ رَكَضَ مشْمش مُسْرِعَاً.

Mushmush whispered in his mother's ear,
"Mom, am I a grown-up now?"
"You've definitely grown up, sweetheart," she replied.
"Then, I want to spend some of my savings on buying Eid gifts for my younger sisters Karaza and Tuta."

هَمَسَ مشْمش فِي أُذُنِ أُمِّهِ قَائِلاً :

مَامَا .. أَلَسْتُ كَبِيرَاً الآن؟

الأُمّ : بِالطَّبْعِ لَقَد كَبُرتَ يَا حَبِيبِي .

مشْمش : أَوَدُّ أنْ أَشْتَرِيَ مِنْ مُدَّخَرَاتِيَ هَدِيَّةَ العِيد لكَرَزَة وتُوتَة .

His mother replied “What a great idea! How about you go shopping tomorrow with your dad?”
“Sure! I am so excited, I can’t wait!” said Mushmush.

الأمّ: مَا أَجْمَلَ هَذِهِ الفِكْرَة!
مَا رَأيُكَ أَنْ تَذهَبَ مَعَ وَالِدِكَ غَدَاً إلى السُّوق.
مشْمش: اِتَّفَقنا. كَمْ أنَا مُتَحَمِّسٌ لِذَلِك!

The next day, Mushmush went shopping with his father.

فِي اليَومِ التَّالِي ذَهَبَ مشْمش مَعَ وَالِدِهِ إِلى السُّوق .

At the store, Mushmush saw
a yellow duck, a coloured ball,
a coloured fan, various cars
and stuffed toys.

"Daddy, what do you think of this stuffed toy and this coloured fan? I think Karaza and Tuta would like them," asked Mushmush.
"I think they're great choices!" the father replied.

شَاهَدَ مشْمش فِي المَتجَرِ بَطّةً صَفرَاءَ
وكُرَةً وَمِروَحَةً مُلَوَّنَتَيْنِ وَالعَديدَ مِنَ
السَّيَّارَاتِ والدُّمَى.

تَسَاءَلَ مشْمش: بَابَا مَا رَأيُكَ بِهَذِهِ الدُّمْيَةِ وَهَذِهِ المِروَحَةِ المُلَوَّنَة؟
أَظُنُّ أَنَّ تُوتَة وكَرزَة سَتفرَحَانِ بِهِمَا.
الأبّ: إِنَّهُ خَيَارٌ جَمِيلٌ يَا عَزِيزِي!

Afterwards, Mushmush went with his father to give *Zakat Al-Fitr*[2] to the poor and people in need. They wanted to share their happiness of the upcoming Eid.

وَبعدَ ذَلِكَ ذَهَبَ مشْمش مَعَ وَالِدِهِ لأداء زَكَاةِ الفِطرِ[٢] ومُشَارَكَةِ الفُقَرَاءِ وَالمحتَاجِينَ فَرْحَةَ العيد .

Eid Mubarak
كل عام وأنتم بخير

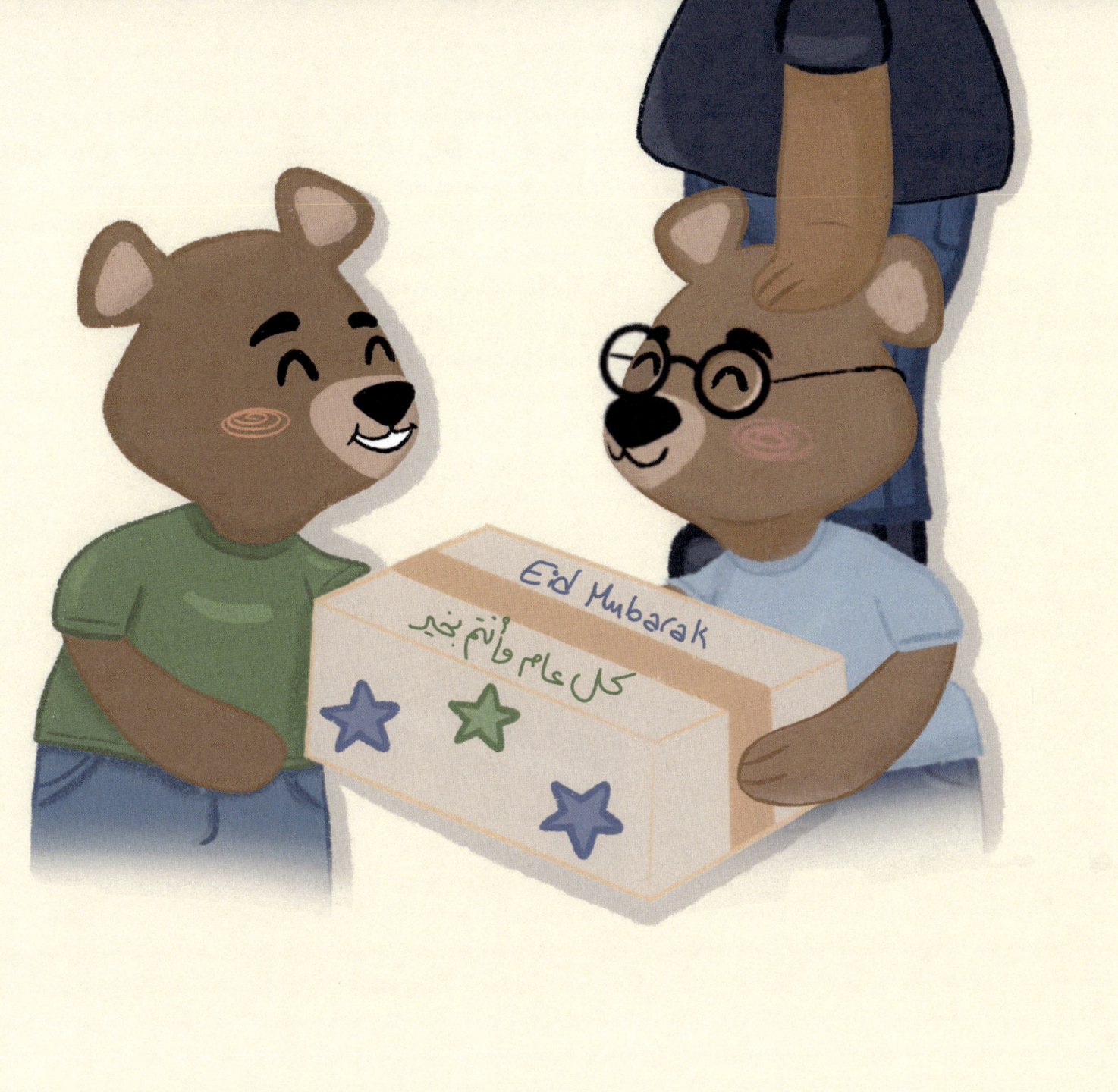

Karaza, Tuta and their mother worked on preparing a honey pot gift for Mushmush.

ساعدت كَرَزَة وتُوتَة مَامَا فِي تَحضِيرِ وِعَاءِ عَسَلٍ لِتقدِيمِهِ هَدِيَةً لِمشْمش.

To: Mushmush
إلى: مشمش

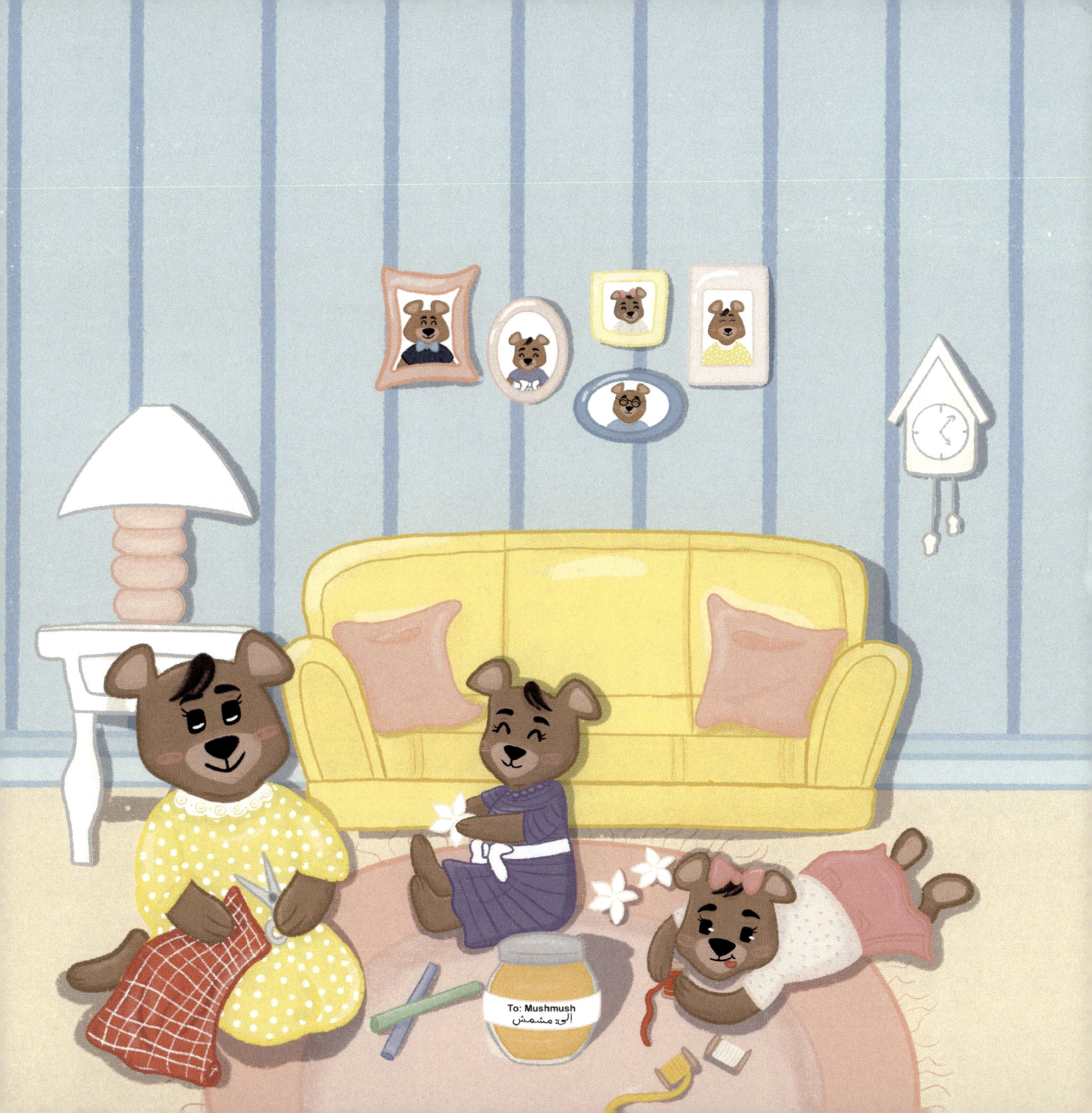

The night before Eid, the family sat around the table for Iftar. They heard *Athan Almagrib* at sunset. They smiled when they realized that it was going to be Eid.

لَيلَةَ العِيدِ جَلَسَتِ العَائِلَةُ عَلى طَاوِلَةِ الإِفطَارِ تَنتَظِرُ أَذَانَ المَغرِب .
كَانَت الفَرحَةُ كَبِيرَةً عِندَمَا عَلا صَوتُ الأَذَان . فَالغَدُ هُوَ يَومُ العِيد .

At night, the bears decorated the house
to welcome Eid.

فِي المَسَاءِ زَيَّنَتِ الدّببَةُ البَيتَ اِحتِفَالاً بِالعِيد .

Karaza said, while jumping, “Tomorrow is Eid!
Tomorrow is Eid! Horray!”
The family started takbirat al-Eid,

“Allahu Akbar, Allahu Akbar, Allahu Akbar,
la illah illa Allah.
Allahu akabar Allah akbar wa lillahi al-hamd.”

قَفَزَتْ كَرَزَة فَرِحَةً وقَالَت : غَدَاً العِيد ! غَدَاً العِيد !

بَدَأَتِ العَائِلَةُ بِتَرِدِيدِ تَكبِيرَاتِ العِيد :

اللّٰه أَكبَر اللّٰه أَكبَر اللّٰه أَكبَر

لَا إِلَهَ إِلَا اللّٰه

اللّٰه أَكبَر اللّٰه أَكبَر وَللّٰهِ الحَمْد .

The bears prepared their best outfit[3]
to wear for Eid.

جَهَّزَتِ الدِّبَبَةُ أَحسَنَ ثِيَابِهَا[٣] لِتَرتَدِيَهَا يومَ العِيد .

Allahu Akbar, Allahu Akbar,
Allahu Akbar, la illah illa Allah.
Allahu akabar Allah akbar
wa lillahi al-hamd.
اللهُ أَكْبَر اللهُ أَكْبَر اللهُ أَكْبَر
لَا إِلَهَ إِلَا الله
اللهُ أَكْبَر اللهُ أَكْبَر وَللهِ الحَمْد

On the morning of Eid, Mushmush woke up early and ran to his parents saying, "Happy Eid daddy! Happy Eid mommy!".
His father and mother replied, "Happy Eid Mushmush!"

وَفِي صَبَاحِ العِيد . . اِستَيقَظَ مشْمش بَاكِرَاً وَأَسرَعَ إِلَى وَالِدَيهِ قَائِلَاً : كُلَّ عَامٍ وَأَنتَ بِخَيرٍ يَا بَابَا يا حَبِيبِي ! كُلَّ عَامٍ وَأَنتِ بِخَيرٍ يا مَامَا يَا حَبِيبَتِي !
أَجَابَهُ الوَالِدَانِ قَائِلَين: كُلَّ عَامٍ وَأَنتَ بِخَير يا حَبِيبِي يا مشْمش.

Mushmush gave his sisters their gifts.

أَعطَى مشْمش هَدَايَا العِيد لكَرَزَة وتُوتَة .

Karaza thanked him, "You're the kindest brother!
I've been dreaming of this stuffed toy!"
Tuta shouted, "Mushmush, Mushmush! I love you,
thank you so much! The colours of the fan are so beautiful."
Mushmush smiled and said: "I'm so glad you like the gifts.
Happy Eid!"

فَرِحَتْ كَرَزَة بِلُعبَتِهَا الجَدِيدَةِ وَقَالَت : مشْمش أَنتَ أَلطَفُ أَخٍ ! أَشكُرُك . لَقَدْ كُنتُ أَحلُمُ بِهَذِهِ الدُّمية .

أَكمَلَتْ تُوتَة الحَدِيثَ قَائِلَةً : مشْمش مشْمش أَنَا أُحِبُّك ! شُكرَاً شُكرَاً . مَا أَحلَى أَلوَانَ هَذه المِروَحَة .

مشْمش : وَأنَا أُحِبُّكُم . أنَا سَعِيدٌ جِدَّاً لِأَنَّ الهَدَايا أَعْجَبَتْكُمَا . كُلَّ عَامٍ وَأَنتُمَا بِخيرٍ .

Afterwards, the two little sisters gave Mushmush his gift.

ثُمَّ قَدَّمَتْ تُوتَة وَكَرَزَة وِعَاءَ العَسَلِ الذِي صَنَعَتاه هَدِيَّةً لِمشْمش.

To: Mushmush
الى: مشمش

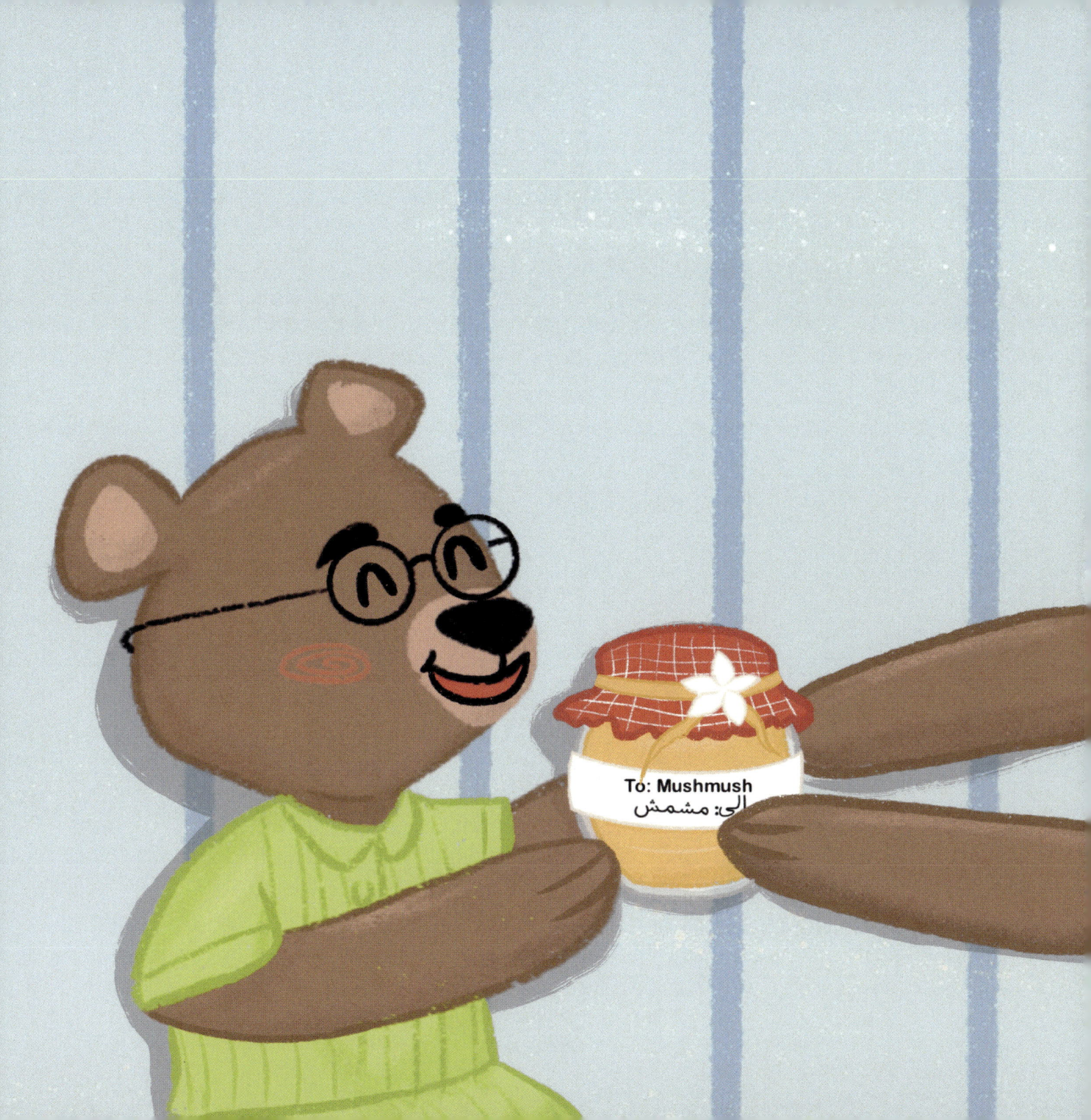

His mother and father said, “We’re so proud of you, Mushmush. You take care of your little sisters. You also pray your five daily prayers and fasted the month of Ramadan this year. We are so happy with your work.”

بَابَا ومَامَا: نَحنُ فَخُورَانِ بِكَ يَا مشْمش وَسَعِيدَانِ بِعَمَلِك. لَقَدْ صِرتَ كَبِيرًا تُصَلِّي صَلَوَاتِكَ الخَمْسَ وَتَصُوْمُ شَهْرَ رَمَضَان وَتَعْتَنِي بِأَخَوَاتِك.

“Thanks, mommy and daddy. Thanks,
Tuta and Karaza. I love you all.”
Mushmush replied.

مشْمش: شُكرَاً يَا مَامَا ويَا بَابَا. شُكرَاً يَا تُوتَة
ويَا كَرَزَة. أنَا أُحِبُّكُمْ يَا عَائِلَتِي!

They ate some dates[4].

تَناوَلَتِ العَائِلَةُ بَعضَ حَبَّاتِ التَّمْر[٤] .

Then, everyone wore their best outfit.

ثُمَّ ارتَدَى أفْرَادُ العَائِلَةِ أَحسَنَ مَلابِسِهِم.

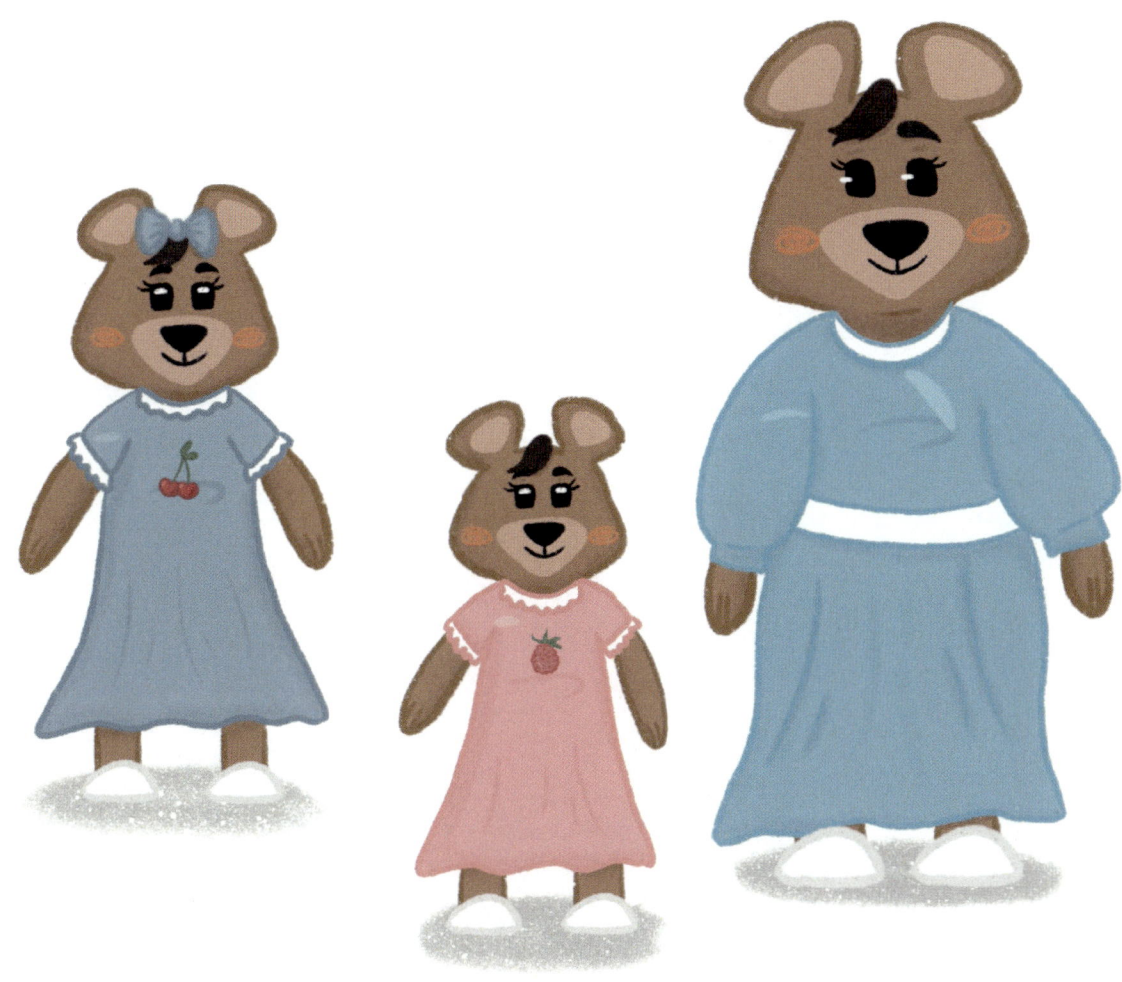

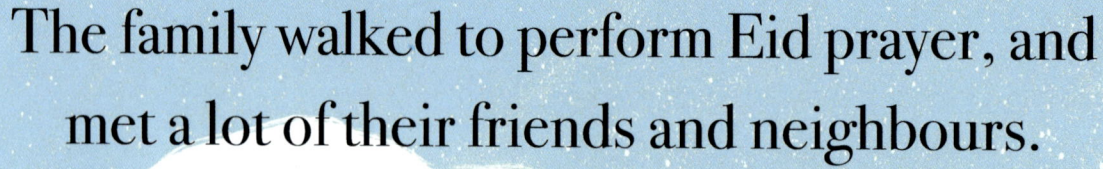

The family walked to perform Eid prayer, and met a lot of their friends and neighbours.

اتَّجَهَتِ العَائِلَةُ لِأَدَاءِ صَلَاةِ العِيد سَيراً عَلَى الأَقدَام . وَالْتَقَتْ
بِالعَدِيدِ مِنَ الأَصحَابِ وَالجِيرَان .

Following Eid prayer, the family and their friends went to the park. The parents had fun playing and laughing with their children. The little kids practiced taking turns while playing with the swing and the slide. Happiness and joy were spread all over the place.

بَعدَ صَلَاةِ العِيد ذَهَبَتِ العَائِلَةُ مَعَ الأَصحَابِ إِلَى الحَديقَة.

شَارَكَتِ الدِّبَبَةُ أَطفَالَها اللَّعِبَ وَالضَّحِكَات. لَعِبَ الأَطفَالُ بِالأُرجُوحَةِ

وَالزُّحلُوقَةِ كُلٌّ بِدَورِه. وَعَلَتْ أَصْوَاتُ فَرحَةِ العِيدِ فِي كُلِّ مَكَان.

The family visited relatives and friends and shared some *Maamoul* and Eid sweets.

زَارَتِ العَائِلَةُ الأَقَارِبَ وَالأَصدِقَاءَ، وَتَشَارَكَتْ فِيْ تَنَاوُلِ المَعْمُولِ وحَلوِياتِ العِيد.

At night, Mushmush looked at the Eid crescent and said, “I love Eid so much! Happy Eid”.

نَظَرَ مشْمش فِي المَسَاءِ إِلَى هِلَالِ العِيدِ وقَال:

أُحِبُّ العِيدَ كَثِيْرَاً! عِيْدُكُمْ مُبَارَك.

Appendix

 1. Maamoul is a type of Arabic sweets.

 2. Zakat al-Fitr is an obligatory charitable donation, all Muslims are required to make, before Eid Al-Fitr to the poor and needy.

 3. The prophet Mohammad peace be upon him used to wear his most beautiful clothes for Eid.

4. According to Anas Bin Malik (may Allah be pleased with him), on the day of Eid Al-Fitr the prophet Mohammad peace be upon him never goes for Eid prayer until he has eaten some dates. (Bukhari)

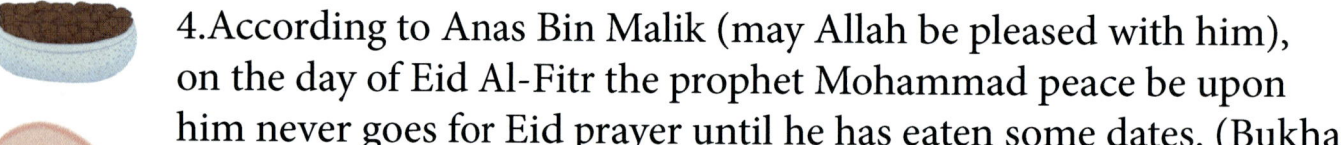

مُلْحَق

١. المعمولُ نوعٌ من أنواعِ الحلوياتِ العربية.

٢. زكاةُ الفطرِ هي قوتٌ واجبٌ على جميعِ المسلمين للفقراءِ والمحتاجينَ قبلَ العيد.

٣. وَرَدَ أنّ رسولَ اللهِ صلّى اللهُ عليهِ وسلّم كانَ يلبَسُ للعيدينِ أجملَ ثيابه.

٤. رُوِيَ عنْ أنس بن مالك رضي الله عنه أنَّ رَسولُ اللَّهِ صلَّى اللهُ عليه وسلَّمَ لا يَغْدُو يَومَ الفِطْرِ حتَّى يَأْكُلَ تَمَراتٍ (رواه البخاري).

About the Author

Aya Wattar is a mother of two. She graduated with a Bachelor of Arts in political science and child studies, specializing in early childhood and exceptionality from Concordia University, Canada. She has a Montessori Diploma from North American Montessori Center.
She has experience working with young children and with children with special needs. She received several writing awards when she was young. Children literacy is one of her main interests.

لَمْحَةٌ عن المُؤَلِفَة

آية خالد وتّار أمّ لطفلين. حَصَلَتْ على شهادة بكالوريوس في الآداب في العلوم السياسية والتربية، وتخصصت في الطفولة المبكّرة والاحتياجات الخاصة من جامعة كونكورديا في مونتريال في كندا. حاصلة على دبلوم في المونتيسوري من مركز المونتيسوري في أمريكا الشّمالية. لديها خبرة في العمل مع الأطفال الصغار وذوي الاحتياجات الخاصة. حاصلة على العديد من الجوائز في الكتابة عندما كانت في سنّ صغيرة. لديها اهتمام خاص بأدب الأطفال.

ayawattar@gmail.com | @ayawattar | Aya Wattar

About the Illustrator

Massa Awad is a self-taught illustrator and a Graphic Design graduate in Montreal, Canada. She worked as a medical illustrator and a freelance graphic designer and illustrator. She got an Infant/Toddler Diploma at North American Montessori Center. She has a strong passion for children's material. She is an award-winning illustrator and horseback rider.

لَمْحَةٌ عن الرَّسَّامَة

ماسة عوض رسّامة وخريجة تصميم جرافيك من مونتريال- كندا. عملت رسامةً في المجال الطبّي وعملت مصممة جرافيك ورسامة عملاً حُرّاً. حاصلة أيضاً على دبلوم في المونتيسوري من مركز المونتيسوري في أمريكا الشمالية. لديها اهتمام خاص بمواد الأطفال. حاصلة على العديد من الجوائز في الرسم وفي بطولات الفروسية.

massaawad6@gmail.com @massa.awad.art Massa Awad